Jakob Heinrich Schmick

# Die Umsetzungen der Meere und die Eiszeiten der Halbkugeln der Erde, ihre Ursachen und Perioden

Antigonos

Jakob Heinrich Schmick

# Die Umsetzungen der Meere und die Eiszeiten der Halbkugeln der Erde, ihre Ursachen und Perioden

Unveränderter Nachdruck der Originalausgabe von 1869.

1. Auflage 2024  |  ISBN: 978-3-38636-817-9

Antigonos Verlag ist ein Imprint der Outlook Verlagsgesellschaft mbH.

Verlag: Outlook Verlag GmbH, Zeilweg 44, 60439 Frankfurt, Deutschland, info@outlook-verlag.de
Vertretungsberechtigt: E. Roepke, Zeilweg 44, 60439 Frankfurt, Deutschland
Druck: Libri Plureos GmbH, Friedensallee 273, 22763 Hamburg, Deutschland

# Die
# Umsetzungen der Meere

und die

## Eiszeiten

der

## Halbkugeln der Erde,

ihre Ursachen und Perioden.

Von

## Dr. J. H. Schmick,

correspondirendem Mitgliede der oberlausitzischen naturforschenden Gesellschaft.

Köln, 1869.

VERLAG DER M. DUMONT-SCHAUBERG'SCHEN BUCHHANDLUNG.

Die Geologie, diese junge, aber in den Händen von wenigen bedeutenden Forschern im Laufe eines Menschenalters zur Selbstständigkeit emporgewachsene Wissenschaft, steht bisher, nach vielen gelösten Räthseln, noch vor einem ungelösten, der seit Agassiz bekannten und sogenannten Eiszeit der Erde.

Man bezeichnet mit diesem freilich nicht ganz passenden Namen eine Zeit, welche unserer jetzigen post-diluvianischen Periode unmittelbar vorherging und in welcher ungeheure Gletscher die nördlichen Länder der nördlichen Hemisphäre bis über den 60. Grad der Breite herab bedeckten, in Ostasien und Nordamerica aber offenbar selbst bis zum 42. Grade der Breite hinunter sich erstreckten.

Das damalige Vorhandensein dieser Gletscher wird auf das unzweideutigste bewiesen durch die zahlreichen charakteristischen Spuren, welche sie in ihrem langsamen Fortschreiten von Höhen in Thäler herab zurückliessen, durch die Moränen einerseits, d. h. Züge von Geröllschichten, welche ungeordnet nach der Grösse der Steinblöcke daliegen, so wie sie die Eismassen einst bei ihrem Herabfallen von einschliessenden Felswänden und Bergseiten aufnahmen, langsam weiter führten und beim Abschmelzen liegen liessen, durch parallele Furchen zu beiden Seiten von Thalgängen andererseits, welche die Gletscher im Fortschreiten mit ausgezackten unteren und seitlichen Eiskanten einrissen, die sich der Bodenfigur in ihren Ursprungslagen oben im Gletscherthale entsprechend gebildet hatten. Dass diese Gletscher, durch Cotta, Colonel, Saussure, Charpentier u. A. an Stellen, wo heute an dergleichen nicht zu denken ist, zwischen Jura und Alpen, in den Vogesen, in Schottland etc. nachgewiesen, gleichzeitig theilweise, im Norden Europa's wenigstens, bis in ein Meer herabreichten, welches die Dimensionen unserer heutigen Nord- und Ostsee bei Weitem übertraf, jedenfalls die norddeutsche und nordrussische Ebene überfluthete, wird durch die zahllosen sogenannten erratischen Blöcke, d. h. mit ihren jetzigen Fundorten geologisch zusammenhangslos daliegenden, oft riesig grossen Steinklumpen bewiesen, welche die genannten Striche bedecken und durch ihr Material und Vorkommen auf das bestimmteste bekunden, dass sie aus den skandinavischen Bergen stammen und durch abgespülte Gletscherschollen (Eisberge) von dort hieher getragen worden sind.

Die Räthselhaftigkeit dieser Gletscher- oder Eiszeit beruht namentlich auf dem Umstande, dass man, auch aus guten Gründen, eine höhere Temperatur des Erdkörpers während einer unendlich langen Dauer seiner Urzeiten (ein Tropenklima bis zu den Polargegenden hin) und einen allmählichen Verlust dieser Wärme annimmt. Wenn nun, sagt man, die Erde einmal schon so abgekühlt war, dass bis zu dem 50., ja 40. Breitegrade hin eine Eisdecke darüber lagerte, wie entstand alsdann die abermalige Temperaturerhöhung, deren wir uns jetzt in denselben Gegenden erfreuen? Es ist entweder die Eiszeit, oder unsere jetzige höhere Wärme unbegreiflich. Wenn nun, wie die neueste Zeit findet, die Eiszeit sogar zweimal, vielleicht noch öfter, geherrscht hat, und wenn dazu in dem heutigen obersten Gletschereise Sibiriens selbst noch ganze Körper solcher Thiere stecken, deren Artverwandte heutzutage nur ein Tropenklima als heimathlich ansprechen, so findet man sich aus diesen Widersprüchen anscheinend nicht mehr heraus.

Man hat zu den wunderlichsten Erklärungsgründen der Eiszeit gegriffen. Man hat gesagt, die Sonne habe damals vielleicht, in Folge irgend welcher Ursachen, auf lange Zeit ihre energisch wärmende Kraft verloren und ein Winterklima habe constant auf Erden geherrscht, ohne Unterbrechung durch Sommerzeiten. — Man hat die Möglichkeit angenommen, dass die Erdachse einmal zeitweise anders gelegen habe und in dieser Lage ein Theil Europa's in die damaligen Polarregionen gefallen sei (wobei freilich die gleichzeitigen americanischen und ostasiatischen Gletscherspuren unerklärt blieben). — Ein Franzose, Adhemar, hat auf geistreiche Art eine Verschiebung des Schwerpunktes der Erde als periodisch nachzuweisen und damit sowohl eine periodische Eiszeit, als auch eine periodische und plötzliche Umlage der Oceane von Süden nach Norden und zurück zu erklären gesucht, seine Hypothese aber bloss auf die ungleichen Mengen des Eises an beiden Polen und deren plötzliche Rückverwandlung in Wasser gestützt, ein zu unerhebliches Moment der Erdmasse gegenüber, um in einem solchen Maasse in Rechnung zu kommen, und ein zu ungewöhnlicher Vorgang, um als glaubhaft gelten zu können. — Man hat in einem durch die langsame Drehung der grossen Achse der Erdbahn etwa entstehenden verschiedenen Verhältnisse zu andern Planeten einen Grund zu einer vorübergehenden Erniedrigung der Erdtemperatur sehen wollen und noch allerlei Anderes gesagt, das noch abenteuerlicher klingt und den Leuten, welche

Begreifliches .verlangten, nicht als zutreffend erscheinen
konnte. — Die Idee des schweizerischen Geologen Escher
von der Linth, dass der Föhn (Thauwind) die Gletscher
schmelze, dass ohne diesen Wind aber die Eiskruste der
Schweizerberge unendlich wachsen werde, dass der Föhn von
der Sahara herwelie und, wenn sie einmal wieder ein Meer
sein sollte, ausbleiben werde, war eine gute Idee zwar, die
auf den ersten Blick eine Lösung des Räthsels versprechen
konnte, die aber, näher besehen, doch nur für die Schweiz
gelten würde, und bei der zu beweisen blieb, dass der Föhn
wirklich aus der Sahara komme, was nach Dove nicht anzunehmen ist. Kurz, auch diese Ansicht, eine Zeit lang als
glücklich begrüsst, ist fallen gelassen worden und — die
Eiszeit ist noch ein Räthsel geblieben.

Merkwürdig genug ist diese bisherige geringe Stichhal-
tigkeit der Ansichten, da so bedeutende Männer wie Werner,
v. Humboldt, v. Buch, Philipps, Burmeister u. A. zu den
Vorkämpfern in der Geologie zählen, und da doch die Lösung
nicht so sehr fern liegen dürfte, wie wir im Folgenden zu
zeigen versuchen werden. Aber die Geologen waren bisher
zu ausschliesslich mit wichtigen Einzelforschungen beschäf-
tigt, um einer solchen allgemeinen Frage viel Zeit und
Nachdenken widmen zu können, und wenn es auch hier, wie
oft, mehr auf einen guten Fund ankommt, so gelingt derselbe
manchmal selbst den Besten nicht, und es fällt, wie es
manche Engländer zeigen, wohl sogar einem Laien das zu,
was Fachgelehrten versagt geblieben ist.

Im gewöhnlichen Leben kommen die guten Ideen dem
praktischen Manne zuerst und am öftesten. Es mag in der
Wissenschaft dann und wann ebenso gehen. Der Praktische
sucht in der Nähe und Gegenwart das, was sein Gegentheil

oft mit vergeblicher Anstrengung aus der Ferne und Urzeit heraus zu construiren vermeint. Während dieser aus einem Wust von Material sich z. B. das Leben der Urmenschen in der Stein- und Bronze-Zeit zu vergegenwärtigen trachtet und weit hergeholtes Erdachtes mühsam verbindet, geht jener zu Buschmännern und Botokuden und sieht sich's an; während der gelehrte Geologe sich mit Kopfzerbrechen die Ursachen der Eiszeit des Nordens aus Fernliegendem aufzubauen sucht, geht ein praktischer Laie am Ende dahin, wo dieselbe Eiszeit jetzt herrscht, an den Südpol, und sucht sich zu erklären, wie sie dort begann und verläuft und mit einer gleichzeitigen Anschwellung der Oceane in Zusammenhang steht. Er kommt dann vielleicht mit dem Zauberschlüssel des Geheimnisses zurück und gibt den Fund zum Besten.

Der Verfasser dieser kurzen Darlegung glaubt einen solchen praktischen Weg der Betrachtung eingeschlagen und durch eine natürliche Verbindung von allgemein bekannten Thatsachen mit der Hypothese der allgemeinen Attraction, welche ja auch längst die zwingende Gewalt einer Thatsache erlangt hat, das Richtige in Betreff der Versetzung der Meere und der sogenannten Eiszeiten gefunden zu haben. Der Leser möge für sich urtheilen.

---

Das grosse Uebergewicht des Wassers auf der südlichen Halbkugel der Erde ist ein schon den Schulkindern sehr geläufiger Sachverhalt. Es wird sich aber doch für uns hier der Mühe verlohnen, denselben einmal etwas näher ins Auge zu fassen. Nehmen wir den Globus zur Hand und wählen etwa Neuseeland, zwischen dem 35. und 40. Grade südlicher Breite gelegen, als Mitte der betrachteten Hälfte desselben. Wir haben dann eine überwiegend der Südhemisphäre angehörende, fast völlige Wasserhalbkugel vor uns, auf welcher wir, ausser dem Gletscher-Complexe um den Südpol, nur den einzigen Continent von Oceanien und einige Inseln bemerken. Das reicht hin zur allgemeinen Feststellung des beregten Uebergewichts des Wassers im Süden.

Sehen wir alsdann genauer zu, wie sich Land und Wasser, vom Südpole ausgehend, auf die nach Norden zu auf einander folgenden Parallelkreise vertheilen, so finden wir, dass von dem südlichen Polarkreise

17/36 auf festes Land fallen, 19/36 auf Wasser, vom Parallel unter

| | | | | | | |
|---|---|---|---|---|---|---|
| 60° südl. Br. | 0/36 | „ „ „ „ | 36/36 | „ | „ |
| 50° „ „ | ¾/36 | „ „ „ „ | 35¼/36 | „ | „ |
| 40° „ „ | 1½/36 | „ „ „ „ | 34½/36 | „ | „ |
| 30° „ „ | 7¼/36 | „ „ „ „ | 28¾/36 | „ | „ |
| 20° „ „ | 8/36 | „ „ „ „ | 28/36 | „ | „ |
| 10° „ „ | 6½/36 | „ „ „ „ | 29½/36 | „ | „ |
| 0° „ „ | 8/36 | „ „ „ „ | 28/36 | „ | „ |
| 10° nördl. Br. | 8/36 | „ „ „ „ | 28/36 | „ | „ |
| 20° „ „ | 11/36 | „ „ „ „ | 25/36 | „ | „ |
| 30° „ „ | 16/36 | „ „ „ „ | 20/36 | „ | „ |
| 40° „ „ | 15¾/36 | „ „ „ „ | 20¼/36 | „ | „ |
| 50° „ „ | 20/36 | „ „ „ „ | 16/36 | „ | „ |
| 60° „ „ | 20/36 | „ „ „ „ | 16/36 | „ | „ |
| 66½° „ „ | 27/36 | „ „ „ „ | 9/36 | „ | „ |

Das Wasser umspannt also ungefähr vom 65.° südl. Breite an bis zum 45.° hin fast die ganzen Umfänge, behält bis zum 30.° ⁴/₅, von da bis zum 10.° nördl. Breite hin stark ³/₄, um den 20.° nördl. Breite noch stark ²/₃, bis über den 40.° nördl. Breite hinaus noch über die Hälfte derselben inne und nimmt erst von da an weniger als die Hälfte und schliesslich unter dem nördl. Polarkreise nur noch ¼ des Parallels ein. Die Vertheilung von Wasser und Land in den genannten Richtungen bleibt also vom 30.⁰ südl. Breite bis zum 10.⁰ nördl. Breite hin ziemlich constant; erwägt man aber dabei, dass diese Parallelen sich grössten Kreisen sehr nähern und dass die zu Maassen gewählten 36stel hier alle völlig oder sehr nahezu 150 geographische Meilen lang sind, während dieselben weiter nach Süden hin sich auf 120, 100, 90, 80 u. s. w. geographische Meilen verkürzen, so folgt daraus, dass in der Aequatorialzone nach Süden hin sich die grössten Flächenausdehnungen der Meere von Westen nach Osten befinden. Vergleichen wir über die Wendekreise hinaus sich entsprechende südliche und nördliche Breiten, so haben wir in ersteren unter 40⁰ ein 1⁷/₁₀faches, unter 50⁰ ein 2¹/₅faches, unter 60⁰ ein 2¹/₄faches Uebergewicht des Wassers gegen den Norden.

Befragen wir rücksichtlich der Tiefe der Meere das Senkblei, so sagt uns dasselbe: In den Aequatorial- und Südregionen derselben findet sich bei einem grossen Theile der untersuchten Stellen eine Tiefe von mehr als einer deutschen Meile. An andern Orten erreicht man bis dahin keinen Grund mit diesem Maasse, hat ihn überhaupt noch nicht feststellen können und er liegt also bis jetzt unmessbar tief unter dem Meeresspiegel, welches alles auf der Nordhalbkugel kaum begegnet. Zu der grössten Fläche kommt also die grösste Ausdehnung nach unten, mithin die grösste Mächtigkeit.

Dieselbe stellt sich auch schon aus der Erwägung heraus, dass das Niveau des Meeres selbst an Stellen, wo es bedeutende Einsenkungen des Bodens bedecken würde, offenbar an der grösseren Krümmung der Erdoberfläche unter dem Aequator Theil nehmen und dort also eine Art Wasserberg bilden müsse, wie die Beobachtung wirklich bestätigt.

Die Configuration der Erdtheile spricht nun für eine zunehmende Meerestiefe vom Aequator an bis über den südlichen Wendekreis hinaus, denn die Continente laufen nach Süden hin spitz zu und bergen immer mehr von ihrer Breite unter den überwältigenden Fluthen.

In einer Zone schliesslich, die zwischen dem 30. und 60.° südlicher Breite liegt, ragen ausser den Hochländern Australien, Neuseeland und ihren Archipelen nur sehr vereinzelt Inseln hervor, welcher Umstand beweist, dass hier selbst die höchsten Spitzen unterseeischer Höhenzüge, die doch wohl nicht ganz und gar fehlen dürften, nicht mehr bis über das Niveau der Gewässer hinausreichen können.

----

Es wird nun nicht zu läugnen sein, dass diese durch die voraufgehende Betrachtung etwas genauer festgestellte Thatsache des grossen Uebergewichts des Wassers auf der Südhälfte der Erde bei einigem Nachdenken etwas Unbefriedigendes, das Gefühl Befremdendes hat, so lange man sie als ein rein Zufälliges, dazu für immer Gegebenes, Stabiles betrachten muss. Man wird nicht umhin können, zu fragen: Warum denn soll die südliche Hemisphäre für immer fast ausschliesslich den Fischen und nur die nördliche den Menschen und Landthieren gehören? Warum denn ist auf der Südhälfte der Erde für immer ein Mindermaass von Wärme in Folge ihres Latentwerdens durch die grössere Verdunstung schon, abgesehen von noch andern Ursachen derselben Wirkung? Wie stimmt diese Ungleichmässigkeit zu der sonstigen Gleichstellung beider Hemisphären in Bezug auf Wechsel der Jahreszeiten, Erleuchtung durch Sonne und Mond, entsprechende Thier- und Pflanzenarten, Erzeugungsfähigkeit des Bodens, wo er hervortritt etc.? Hat denn etwa der Erdkörper in nordsüdlicher Richtung sich unsymmetrisch zusammengezogen, und füllen die Gewässer im Süden etwa grosse Einsenkungen, um verlorene Rundung und Gleichgewicht wieder herzustellen? Es wird sich Jeder schon durch sein natürliches Gefühl bewogen finden, der versicherten Unwandelbarkeit solcher Verhältnisse mit·Unglauben zu begegnen.

Da kommt uns denn die Geologie halb beruhigend entgegen mit der Versicherung, dass es wenigstens nicht immer so gewesen.

Wir hören die ausführlichen, auf Thatsachen gestützten Berichte der Geologie an. Sie, welche namentlich an den Stellen der Erdrinde, wo dieselbe, zuerst geborsten und dann durch ungleiche Hebung und Senkung (Verwerfung) verschoben, berghohe Schichtenlagen dem Forscherauge darbietet, die Geschichte der Urzeit der Erde in grossen Zügen abliest, sagt uns in Betreff der ehemaligen Zustände der Erdoberfläche, wie folgt:

Sämmtliche Länder der Erde sind oft und jedes Mal in langen Zeiträumen hintereinander überfluthet gewesen, denn alle geschichteten Steinarten, welche die Erdkruste bilden, sind auf das deutlichste als Absätze aus dem Wasser zu erkennen. Die Schichten gleichartiger Bestandtheile haben meist eine solche Mächtigkeit, dass die jedesmalige Dauer ihrer Absetzung nur nach Jahrtausenden zu bemessen ist. Die den Schichten beigeschlossenen Fossilien bekunden oft eine alleinige Ueberfluthung durch Seewasser, denn sie gehören sämmtlich Seethieren an. Manchmal sprechen sie dagegen für eine nur theilweise Bedeckung durch Seegewässer, weil sie aus See- und Süsswasserthieren, Landthieren und Pflanzenresten zugleich bestehen. Die Gränzen zwischen Land·und Wasser, Einbuchtungen der See in das gleichzeitige Land werden uns da genau bezeichnet durch die Steinkohlenlager, verkohlte Schichten von Landpflanzen und angeschwemmten Meergewächsen. Kalkschichten, Steinsalzlager und Kreidegeschiebe bezeichnen gleichfalls alte Seeufer mitten durch heutige Continente hin und zu ganz verschiedenen Zeiten existirend, zwischen denen, nach der verschiedenen Höhe ihrer Lage und der gänzlichen Verschiedenheit ihrer fossilen Beischlüsse zu urtheilen, Hunderte von Jahrtausenden liegen müssen. Eine der letzten dieser Seebedeckungen nördlicher Länder zeichnete in den weissen Kreideschichten deutlich ihre Ufer an viele Nordabhänge der Hauptgebirgszüge Europa's und Asiens hin und markirte so das damals aus der Fluth hervorragende Hochland. Die allerletzte Ueberschwemmung, welche ohne Zweifel schon das Menschengeschlecht vorfand, liess uns noch deutlichere Spuren ihrer Niveauhöhe an verschiedenen Stellen der nördlichen Hemisphäre zurück und notirte uns sogar ihr gradweises Zurücksinken zu dem heutigen Wasserstande. In vielen Flussthälern, unter andern sehr scharf in dem Thale des californischen Colorado, bezeichnen terrassenweise Absätze an den Thalwänden hinauf das verschiedene Niveau der Wasserstände des Weltmeeres, als dieses, zuletzt in diese Thalgänge eingedrungen, wieder anscheinend ruckweise zurückwich und einen Jahrhunderte langen gleichen Wasserstand jedesmal mit einer Anschwemmungsstufe andeutete, in deren Mitte das zurückbleibende kleinere Wasser eine

engere Furche einriss, bis heute in der letzten derselben der
Fluss als winziger Rest der alten Strombreite seine Wellen
dem Meere zuführt. An einem isolirt stehenden Felsen in
Uruana fand Alexander von Humboldt, 80 Fuss über dem
jetzigen Niveau des Flusses, eingegrabene rohe Zeichnungen
von Sonne, Mond und Thiergestalten reihenweise angebracht,
welche also besagten, dass einst, dort oben schwimmend,
Menschen ihren primitiven Kunstbestrebungen Ausdruck
gaben. Aehnliches bemerkte Humboldt in den Gebirgen von
Uruana und Encaramanda. Am Orinoco nahm er die deut-
lichen Spuren des alten Wasserspiegels in 150—180 Fuss
Höhe über dem jetzigen wahr. Die Berge des eben erwähnten
oberen Flussthales des Colorado, das Felsengebirge, die
Kjölen mit ihren grätenartig in die See vorspringenden
Felsrippen und viele andere ganz kahl gewaschene und oft
wie abgeschliffen erscheinende Höhenspitzen sprechen auf das
unwiderleglichste für eine langdauernde Umspülung von
Meeresfluthen, deren mechanische Gewalt stellenweise sicher
durch schwimmende Eismassen, welche die Felszacken rund
stiessen, erhöht wurde. Der Verfasser dieses ist selbst durch
Augenschein in Nordirland, in der Grafschaft Donegal, be-
lehrt worden, dass dortige, 2000 Fuss über der nebenlie-
genden Thalsohle gelegene Berggipfel einst unter Meerwasser
lagen, denn sie trugen oben, unter einer dünnen Humus-
schicht, eine Lage frischer, nicht fossiler, Seemuscheln und
Rollsand bis zur Dicke von zwei Fuss.

Diese genannten paar Umstände sind also, neben vielen
andern, lautredende Zeugen dafür, dass oftmals in den
Urzeiten der Erde und zuletzt auch in einer Zeit, welche
der historischen nicht allzu lange vorausging, das Meer anders vertheilt war, als jetzt, und dass wir in der heutigen

Vertheilung von Land und Wasser nur die Phase eines Ver-
änderlichen, nichts Stabiles zu erblicken haben.

Liegen denn aber, fragen wir die Geologie, der Erde
angehörige Gründe vor, aus welchen die Umkehr der Wasservertheilung oder die heutige Lage der Oceane zu erklären wäre?

Sie antwortet: Ich kenne keine andere Ursache, als
Bodenerhebungen und Senkungen. Solche mögen wohl bei
mehr localen Wechseln von trockener Fläche und Meerboden
die Veranlassung gewesen sein. Dass man aber in Bezug
auf ganze Erdtheile dasselbe annehmen könne, dagegen
sperrt sich das Bewusstsein namentlich desshalb, dass wir
während eines Zeitraumes von wenigstens 4000 Jahren keine
gewaltsamen Bewegungen des Bodens in einem auch nur annähernd so grossen Maassstabe wahrgenommen haben. Es
ist aber auch fast sicher, dass dergleichen nie vorgekommen
sind, und wenn in Urzeiten die Erdkruste gewaltige Risse
bekam, aus denen der Druck der ganzen Erdschale oder
einzelner Theile derselben, nicht aber etwa geheimnissvolle
Kräfte, am allerwenigsten Dämpfe, die flüssigen unterliegen-
den Massen hervordrängte, die dann, hebend oder überfliessend
oder auf beiderlei Weise zugleich, die grossen Gebirgszüge
bildeten, so sind solche, im Vergleich zum ganzen Erdkörper
immer noch sehr geringfügige Massenerhebungen doch augen-
scheinlich in späteren Perioden der antediluvianischen Zeiten
nicht mehr vorgekommen, wie die ungestört gebliebenen
höheren Ablagerungsschichten neben und auf den meisten
grösseren Gebirgen beweisen. Die Hebung und Senkung
ganzer Erdtheile würde zudem einen so losen Zusammenhang der festen Erdschale. voraussetzen, dass er sich mit
der in der historischen Zeit beobachteten Ruhe derselben im
Ganzen nicht vertrüge.

Rein der Erde angehörige Ursachen der heutigen Wasservertheilung und der früheren Umsetzungen der Meere, Ursachen solcher Art, die irgend einen Grad von Wahrschein-
lichkeit und Begreiflichkeit hätten, existiren also nicht.

Die Thatsachen der alten Umsetzungen liegen aber vor
und müssen erklärt werden können. Wo suchen wir nach
ihren Ursachen?

Ausserhalb der Erde, entgegnet uns die Astronomie, da,
woher die Erde ihre ganze Existenzfähigkeit, ihre Taug-
lichkeit zu einem Wohnplatze für lebende Wesen schöpft,
da, wo sie durch ihren Jahreslauf die vollständigste Ab-
hängigkeit anerkennt.

Schauet euch aufmerksam um und ergreift in einem
kleinen täglichen Vorgange kurzer Dauer den Faden, der
euch zum Verständnisse grosser Vorgänge in Jahrtausenden
führen wird. Der kleine Vorgang aber ist die Fluth und
Ebbe der Meere.

***

So angewiesen, spinnt sich unsere Betrachtung weiter,
wie folgt:

Wir beobachten und wissen seit den Zeiten des Alter-
thums, dass die Oberfläche des Meeres zunächst eine tägliche, regelmässige Störung erleidet. Eine doppelte Fluthwelle
umkreist täglich die Erde in der Richtung von Osten nach
Westen und veranlasst ein abwechselndes Steigen und Fallen
der Gewässer des Meeres, das eine Verschiedenheit des Was-
serstandes von 10—12 Fuss, aber auch von 18—20 Fuss,
und stellenweise noch weit darüber, herbeiführen kann. Durch
den stauenden Widerstand der Ostküsten ist die Erhebung
an denselben im Allgemeinen am bedeutendsten. Die Beob-

achtung ergab, dass die grösste Fluthhöhe, welche durch ein Zusammenfliessen von allen Seiten her entsteht, stets eine bestimmte Zeit (drei Stunden im Durchschnitt) nach dem Zeitpunkte eintritt, in welchem der Mond den Meridian eines Ortes passirt. Daraus folgte natürlich, dass man die Erscheinung mit dem Monde in Zusammenhang brachte und das Phänomen einstimmig für eine durch die Anziehung des Mondes in der beweglichen und verschiebbaren Wasserschale der Erde erzeugte Verrückung (Störung) erklärte. Man sagte: Die Anziehung des Mondes, auf verschiedene Puncte des Erdkörpers ausgeübt, ist von verschiedener Stärke, also wird der bewegliche Theil seiner Oberfläche auch in verschiedenem Grade dieser Anziehung folgen. Der dem Monde jedes Mal zugekehrte nächste Punkt der Erdoberfläche ist ersterem in seiner mittleren Entfernung von der Erde um $^1/_{59}$ ungefähr näher, als der Mittelpunkt der Erde oder als ein grösster Kreis derselben, welcher ringsum $90^0$ von dem nächsten Punkte abliegt, und um $^2/_{59}$ näher, als der vom Monde abgekehrte entfernteste Punkt der Erdoberfläche, folglich wird die nach dem quadratischen Verhältnisse der Entfernungen umgekehrt sich ändernde Anziehung des nächsten Punktes zu der auf das Centrum oder den genannten grössten Kreis der Erde ausgeübten sich annähernd wie 60 zu 58 verhalten, und zu der des entgegengesetzten Oberflächenpunktes wie 60 zu 56. Diesen Unterschieden entspricht auf der dem Monde zugekehrten Erdseite eine Erhebung der Meeresfluth gegen den Mond, auf der abgekehrten ein Zurückbleiben vom Monde, folglich auch eine Erhebungswelle. Diese beiden Wellen folgen dem Meridianstande des Mondes um so viel Zeit später, als das Wasser braucht, um die entsprechende Bewegung auszuführen.

Ausser den Verschiedenheiten in der Höhe und Richtung dieser Erhebungswellen, wie sie durch die mehr oder minder günstige Configuration der Festländer erzeugt wurden, beobachtete man im Verlaufe der Zeiten, dass dem verschiedenen Stande des Mondes in seiner vierwöchentlichen Bahn sowohl, als in seiner zweiten (Jahres-) Bahn verschiedene Abweichungen von der Regel entsprachen und wurde dadurch so sicher in der Ueberzeugung von seinem Zusammenhange mit der Erscheinung, dass heutzutage die Hypothese als Thatsache gilt.

Es gab aber auch Abweichungen, die man sich mit dem Monde allein nicht erklären konnte und die auf einen zweiten mächtigen Einfluss hinwiesen. Zu den Zeiten des Neu- und Vollmondes zeigte sich nämlich regelmässig an einem und demselben Orte eine höhere Fluthwelle, besonders um die Aequinoctien herum, und wiederum beobachtete man gleichzeitig mit Sonnen- und Mondfinsternissen die allerhöchsten Fluthen, wogegen zu den Zeiten der Quadraturen (erstes und letztes Viertel des Mondes) die Fluthhöhen am unbedeutendsten waren. Das führte auf die andere Hypothese, dass nämlich die Sonne auch eine Wellenerhebung erzeuge. Man sagte: Bei Neu- und Vollmond addiren sich die Anziehungen des Mondes und der Sonne, weil die Anziehungsrichtungen beider Weltkörper dann sehr nahe zusammenfallen. Das Letztere geschieht vollkommener in den Aequinoctien, weil beide Weltkörper dann fast dieselbe scheinbare Tagesbahn (den Aequator) durchlaufen. Es geschieht am vollkommensten bei den Finsternissen, weil ihre Anziehungsrichtungen dann ganz zusammenfallen. Bei den Quadraturen subtrahiren oder neutralisiren sich die Sonnen- und Mond-Fluthwelle. Man bestimmte die alleinige Wirkung der Sonne und fand ihre Fluthwelle etwa ein Drittel so hoch åls die des Mondes, nämlich von durchschnittlich vier Fuss Mächtigkeit.

Die Sonnen-Fluthwelle war ebenso zu erklären, wie es bei der vom Monde erzeugten geschah. Man hatte hier nur andere Grössenverhältnisse in Rechnung zu ziehen. Der Erdhalbmesser ist in der mittleren Entfernung der Sonne von der Erde 860 in 20,682,444 = in runder Zahl 24,050 mal enthalten, folglich stellen die Zahlen 24,050, 24,049 und 24,051 in Erdhalbmessern die drei Entfernungen des Centrums der Erde, ihres der Sonne zugekehrten nächsten Oberflächenpunktes und ihres von der Sonne abgekehrten weitesten Oberflächenpunktes von der Sonne dar. Sucht man die aus diesen Abständen entstehenden quadratischen Verhältnisse, aus denen sich in umgekehrter Ordnung die drei verschiedenen Grade der vollen Anziehungsstärke ergeben, so findet man, dass diese für die genannten drei Punkte sich durch folgende Zahlen ausdrücken: für den nächsten Punkt durch 10,470, für den Mittelpunkt durch 10,469, für den entferntesten durch 10,468. Diesem Unterschiede von $1/_{10469}$ in der Gesammtanziehung war also die Sonnen-Fluthwelle proportional.

Diese längst festgestellten, als Thatsachen betrachteten Zahlen- und Wirkungsverhältnisse, wenn auch hier nicht haarscharf genau angegeben, was unnöthig war, so doch annähernd richtig, worauf nur es ankam, bildeten nun das Fundament, auf welchem der Verfasser weiter baute.

Er sagte sich: Die Einwirkung des Mondes und der Sonne auf die bewegliche Wasserschale der Erde ist festgestellt. Die doppelten täglichen Fluthwellen, von beiden Weltkörpern erzeugt, zeigen durch ihre Dauer von je 12

Stunden Zu- und Abnahme, dass sie schalenförmige Erhebungen des Wassers bilden, welche die Erde von Osten nach Westen umkreisen, bis zu ihren dünnsten Rändern hin sich jedesmal über eine Halbkugel der Erde verbreiten und deren Massen gar nicht unerheblich sind.*) Durch sie wird nun freilich, wenn wir sie ganz oberflächlich betrachten, die Gleichgewichtslage der Erde in Bezug auf Süden und Norden nicht gestört. Mond und Sonne, namentlich die letztere, wirken stets mehr oder minder senkrecht auf einen Erdgürtel von nur 47 Graden Breite, der also $^1/_8$ des Erdumfanges wenig überschreitet. Die Ungleichheiten der Wellen, je nachdem die beiden Weltkörper zusammen oder getrennt, mehr südlich oder nördlich wirken, werden sich ausgleichen, denn dieselben Veränderungen wiederholen sich unaufhörlich und im Ganzen genommen symmetrisch zum Aequator, also auf beiden Hemisphären gleich. Diese Ausgleichungen werden einen grossen Antheil an den überall beobachteten

---

*) Die Anziehungsrichtungen der Sonne, des viel grösseren Körpers, gegen die Erde, den viel kleineren, sind convergent gegen die letztere, treffen also wirksam eine viel grössere Fläche der Halbkugel, als die Anziehungsrichtungen des Mondes, die wegen des umgekehrten Grössenverhältnisses divergiren und also einen breiten Rand der Erdhalbkugel bloss streifen. Nimmt man nun an, die Sonnenanziehung treffe wirksam von den 4,644,000 ☐-Meilen Fläche der Halbkugel der Erde, auf welcher sich der grosse Ocean befindet, 4,000,000 ☐-Meilen, die 644,000 ☐-Meilen für hineinragendes Land und schwach berührten Rand abgezogen; setzt man ferner für die Durchschnittserhebung des Waszers nur $1^1/_2$ Fuss, so macht das so bewegte Wasserquantum nach einfacher Rechnung 250 Cubikmeilen aus oder eine Masse, die eine See von 1000 Fuss Tiefe und 6000 ☐-Meilen Flächenausdehnung füllen würde. Eine solche See erreichte nahezu die Grösse des kaspischen Meeres.

Meeresströmungen haben, welche durch die Gestaltung der Festländer einerseits, durch die Achsendrehung der Erde andererseits veränderliche und stehende Richtungen nehmen.

Bei einer genaueren Untersuchung der störenden Einflüsse von Sonne und Mond hingegen stellt sich heraus, dass nur bei denen des letzteren, in Folge kurzer Dauer und rascher Wiederkehr derselben Erscheinungen, symmetrische Ausgleichungen anzunehmen sind, bei denen der Sonne aber eine völlige Ausgleichung der Fluthwellen nicht möglich ist, und dass bei ihr ein Umstand obwaltet, der, obschon geringfügig für den Tag und das Jahr, doch im Laufe von Jahrtausenden zu einer bedeutenden Verschiebung der Gleichgewichtslage der Erde und zu einer sehr grossen Ungleichheit der Wasservertheilung auf die Nord- und Südhemisphäre führen muss.

Die Sonne nämlich variirt in der Anziehungsstärke nicht bloss der Zeit nach regelmässig jedes Jahr, sondern auch (und das ist das Wichtigste) rücksichtlich des Ortes. Diese letztere Variation ist aber so langsam und die Periode der symmetrischen Ausgleichung so gross, dass in Zwischenräumen von vielen Jahrtausenden immer eine zum Aequator unsymmetrische Wasservertheilung auf Erden herrschen muss.

Behufs der genaueren Darlegung dieses Verhältnisses müssen wir uns an die Astronomie wenden.

Dieselbe sagt uns: Die Erde bewegt sich um die Sonne in einer Ellipse, d. h. einer Bahn, die von der Kreisform abweicht. Die Sonne steht nicht in der Mitte dieser Ellipse, also nicht in dem Kreuzungspunkte der langen und kurzen Achse, sondern in dem einen Brennpunkte derselben, also einer der steileren Krümmungen der Curve näher. Das kürzere und längere Stück der grossen Achse, also die kleinste und grösste Entfernung der Erde von der Sonne, verhalten sich zu einander wie annähernd 67 zu 70, die halbe kleine Achse zum grösseren Stück der grossen Achse, also die mittlere Entfernung der Erde von der Sonne zur grössten, wie annähernd 61 zu 62. Die vollen Anziehungen, die sich umgekehrt verhalten wie die Quadrate der Entfernungen, werden also für den kleinsten und grössten Abstand beziehlich durch die Zahlen 449 und 490, für den mittleren und grössten durch die Zahlen 149 und 154 sich ausdrücken lassen. Bringen wir nun um einer klareren Einsicht willen die Sonnenanziehung überhaupt zunächst auf ein genaueres Maass, indem wir sie mit der Anziehung des Mondes vergleichen, so ergibt sich Folgendes: Die Sonne, dem Monde an Masse um das $355{,}500 \cdot 88 = 31{,}284{,}000$-fache überlegen, dafür aber aus einem 400 mal so grossen Abstande, also mit $400 \cdot 400 = 160{,}000$ mal so geringer Kraft wirkend, übt in ihrem mittleren Abstande von der Erde eine Anziehung auf dieselbe aus, welche $31{,}284{,}000 : 160{,}000 = 196$ mal so gross ist, als die des Mondes. Die grösste Anziehung der Sonne im Perihel (Sonnennähe) verhält sich demnach zu ihrer mittleren wie $(196 \cdot 154) : 149 =$ stark $202^{1}/_{2}$ zu 196 Mondanziehungen; die grösste Anziehung der Sonne zu ihrer kleinsten wie $(202^{1}/_{2} \cdot 449) : 490 =$ annähernd $202^{1}/_{2}$ zu $187^{1}/_{2}$. Die grösste Anziehung ist also um $6^{1}/_{196} =$ etwa $^{1}/_{30}$ grösser, als die mittlere.

Dieselben relativen Verhältnisse der Stärke, wie sie sich für die vollen Anziehungen der Sonne, von Weltkörper auf Weltkörper ausgeübt, für ihre verschiedenen Abstände von der Erde ergeben haben, bestehen auch zwischen den geringeren Kraftantheilen, mit denen sie in denselben Abständen die Meere der Erde stört. Das absolute Maass des mittleren störenden Kraftantheils, wieder mit dem entsprechenden des Mondes verglichen, ergibt sich aus der Sonnenmasse, dividirt durch den Cubus der Sonnenentfernung, in Mondweiten ausgedrückt, ist also 31,284,000 : 64,000,000 = ungefähr $^{39}/_{80}$ oder fast $^1/_2$, d. h. die Sonne stört die Erdgewässer nur etwa halb so stark als der Mond. Wenn aber, wie oben angegeben, die mittlere tägliche Störungs- oder Fluthwelle der Sonne eine Höhe von vier Fuss = 48″ erreicht, so wird die der grössten Anziehung oder Störung entsprechende um $6\frac{1}{4}/_{196} = {}^1/_{30}$ höher sein, also $48 + {}^{48}/_{30} = 49^3/_5$″ betragen.

Dieses durch die kurze astronomische Darlegung gewonnene Resultat ist uns sehr wichtig, denn der so nachgewiesene Höhenzuwachs der täglichen höchsten Störungswelle der Sonne, obschon er nur $1^3/_5$″ beträgt, wird uns zu unerwarteten Ergebnissen führen.

Wir hören die Astronomie weiter. Sie sagt: Die grösste Anziehung der Sonne trifft die Erde jährlich einmal für die Dauer von stark fünf Monaten, zwar nur etwa zwei Monate lang mit voller Kraft, aber doch in merklichem Grade während der ganzen Zeit. Wenn die Erde jetzt auf ihrer Jahresbahn das Herbst-Aequinoctium der nördlichen Halbkugel überschritten und also den einen Punkt mittlerer Entfernung passirt hat, so durchläuft sie diejenige Bahnhälfte, in deren Mitte das Perihel oder die grösste Sonnennähe liegt. Die Neigung der Erdachse gegen die Ebene ihrer Bahn bringt es alsdann mit sich, dass die Südhemisphäre der Erde der Sonne zugekehrt ist, dass also die Sonne ihre Tagesbogen für diese Erdhälfte stets höher und höher beschreibt und ein Vierteljahr nach dem Aequinoctio den Wendekreis des Steinbocks zu durchlaufen scheint. In der

Zeit nun, in welcher die Tagesbogen der Sonne zwischen diesem Wendekreise und einem etwa drei Meridiangrade nördlich von demselben gelegenen Parallel liegen, ist die Erde in der Sonnennähe und das höchste Maass der grössten Anziehung tritt ein. Dasselbe dauert heutzutage etwa von Anfang December bis Anfang Februar, die ganze Periode der grösseren Sonnengewalt aber von Mitte October bis Mitte März, fällt also in den Frühling und Sommer der südlichen Halbkugel und dem Orte nach auf einen etwa 3, resp. 13 Meridiangrade breiten Erdgürtel dicht nördlich vom südlichen Wendekreise.

Die Astronomie sagt ferner: Das Maximum der Sonnenanziehung trifft während sehr langer Zeiträume denselben Ort der Erde und keinen andern ausser ihm. Der genannte Gürtel am Wendekreise des Steinbocks ist jetzt schon seit 3246 Jahren von der grössten Anziehung der Sonne getroffen worden und wird noch während weiterer 2004 Jahre von ihr getroffen werden. Die Südhemisphäre als solche aber, vom Aequator an gerechnet, war heute schon seit 5871 Jahren ausschliesslich dem Maximo der Sonnenanziehung ausgesetzt und wird es noch für weitere 4629 Jahre bleiben. Die Erdbahn liegt nämlich, auf den Weltenraum bezogen, nicht fest, sondern dreht sich in einem Zeitraume von fast 21,000 Jahren in ihrer Ebene derart herum, dass ihre grosse Achse aus einer südlich-nördlichen Richtung allmählich in eine südöstlich-nordwestliche, östlichwestliche, nordöstlich-südwestliche, nördlich-südliche etc. übergeht und schliesslich wieder in der Ursprungslage ankommt. Die kleinere (Perihel-) Hälfte der grossen Achse der Erdbahn, welche die Sonnennähe oder grösste Anziehung darstellt, wird im Verlaufe dieser Drehung hinter einander nach allen Punkten der Ekliptik gerichtet sein, oder, mit andern Worten, jeder Punkt der auf die Erdkugel projicirten Ekliptik wird in den 21,000 Jahren einmal und für viele Jahre hinter einander die grösste Anziehung erfahren. 5250 Jahre lang wird, wie jetzt, dieselbe eine ca. drei Meridiangrade breite Zone dicht nördlich vom südlichen Wendekreise, darauf 5250 Jahre lang eine 40 Grade breite Zone zu beiden Seiten des Aequators, weiterhin für dieselbe Dauer einen drei Grade breiten Gürtel dicht südlich vom nördlichen Wendekreise, darauf abermals die breitere Zone um den Aequator und schliesslich wieder den südlichen schmalen Streif treffen. Heutzutage liegt das Perihel, welches in $58^{1}/_{3}$ Jahren um einen Grad der Ekliptik in dem angegebenen Sinne fortschreitet, 11 solcher Grade östlich vom Sommer-Solstitio der südlichen Halbkugel, vor 621 Jahren, im Jahre 1248 unserer Zeitrechnung, lag es genau in demselben und auf dem südlichen Wendekreise; im Jahre 6498 unserer Zeitrechnung wird es im Herbst-Aequinoctio der südlichen Halbkugel und auf dem Aequator, im Jahre 11,748 im Sommer-Solstitio der nördlichen Halbkugel und genau auf dem Wendekreise des Krebses, 5250 Jahre später abermals auf dem Aequator und im Herbst-Aequinoctio der nördlichen Halbkugel und nach weiteren 5250 Jahren wieder auf dem südlichen Wendekreise liegen.

Unsere Betrachtung führt uns nun weiter, wie folgt. Wir sagen:

Wenn jetzt die Sonne, vom Aequator nach Süden fortschreitend, ihre höheren Fluthwellen um die Erde herumführt, so bringt sie durch dieselben der südlichen Hemisphäre ein Wasserquantum zu, welches derselben zum Theil verbleibt und sich nicht ganz auf die nördliche Halbkugel zurück ausgleicht.

Wir wissen aus der Beobachtung in allen Meeren, dass die Mond- und Sonnen-Fluthwellen durch Zusammenfliessen der Seegewässer nach der Stelle der stärksten Anziehung hin entstehen, so zwar, dass jedes einzelne Wassertheilchen nur einen verhältnissmässig kurzen Weg zurückzulegen hat, und dass in die verlassene Stelle eines jeden kleineren Wasserquantums nur eine benachbarte gleiche Menge in der gegebenen Richtung nachrückt. Wenn also mit der Fortbewegung der Sonne über den Aequator hinaus nach Süden hin die Gewässer von allen Seiten her dem Punkte ihrer stärksten Anziehung zuströmen, so bewegen sich in allen nach dem Anziehungs-Centrum gehenden Richtungen, unter andern also auch in vielen von Norden her, Wassermengen über den Aequator hinaus nach Süden hin. Diese Wassermengen haben der nördlichen Halbkugel angehört und sind jetzt auf die Südhalbkugel übergegangen. Sie werden beim raschen täglichen Weiterrücken des Punktes der stärksten Sonnenanziehung nach Westen wieder losgelassen und auch zum Theil wieder über den Aequator zurückgehen, aber nur zum Theil, denn die von 12 zu 12 Stunden nachfolgende stärkere Sonnenanziehung holt sie und noch viele andere dazu immer wieder nach der südlichen Halbkugel hinüber. Dieser Vorgang wiederholt sich ungefähr in gleicher Weise jährlich während zweier Monate 120 mal, in den fünf Monaten aber, während welcher eine stärkere Anziehung, wenn auch nur in geringerem Grade, merklich ist, an 300 mal. Das Mehr an Wasser, welches der südlichen Halbkugel auf diese Art zugeführt wird, gleicht sich vorherrschend auf dieser aus, denn die Ausgleichung nach Norden hin betrifft immer nur entweder ein kleines Segment des ganzen Anziehungs- oder Hebungskreises, oder wenigstens ein solches, welches bedeutend kleiner ist, als ein Halbkreis, und es darf daneben nicht unberücksichtigt bleiben, dass die stetige ost-westliche Strömung des Meerwassers in der Aequatorialzone, durch die stetig ost-westliche Fluthbewegung erzeugt, der Ausgleichung, die natürlicher Weise viel weniger energisch vor sich geht, als die Anziehungsströmung, entgegenwirkt und gleichsam eine Scheidewand zwischen der nördlichen und südlichen Halbkugel bildet. Eine völlige, zum Aequator mit der Anziehung symmetrische Ausgleichung würde zwar ein halbes Jahr später eintreten, zu der Zeit, wann die senkrechte Anziehung der Sonne nördlich vom Aequator fällt, wenn dreierlei Umstände das nicht verhinderten. Der erste ist die veränderte Gleichgewichtslage der Erde, welche dem zugekommenen Mehrquantum des Wassers entsprechen muss und dasselbe nun auf der Südhemisphäre festhält; der zweite ist das Erstarren eines beträchtlichen Theiles des südlichen Meerwassers unter dem höheren Maasse von Kälte, welchem die südliche Halbkugel immer zugleich mit der Ueberfluthung ausgesetzt ist, wie später gezeigt werden soll; der dritte und wichtigste ist der, dass die Sonne, wenn sie wieder über den Aequator hinaus nach Norden fortschreitet, um das Doppelte des Mehrmaasses der Anziehungsstärke schwächer geworden ist, mit dem sie die Gewässer nach Süden zog, denn die Erde nähert sich dann ihrem Aphelio oder befindet sich in demselben, und die Anziehungskraft der Sonne verhält sich jetzt zu ihrer mittleren nur wie $187\frac{1}{2}$ zu 196, zu ihrer grössten wie $187\frac{1}{2}$ zu $202\frac{1}{2}$. Ihre höchsten Hebungswellen werden also gegen die zu 48″ angenommenen mittleren nur $45^{11}/_{12}$″ betragen und nur in dem Verhältnisse von $45^{11}/_{12}$ zu $49^{3}/_{5}$″, der Höhe der Maximalwellen, Wasser von der Südhalbkugel zurückfordern.

Ein Ueberschuss bleibt also nothwendiger Weise der südlichen Hemisphäre. Wie gross derselbe im Jahre sei, lässt sich durch Rechnung schwerlich mit Zuverlässigkeit nachweisen, es muss da die Beobachtung aushelfen. Diese zeigt vorläufig nur, so weit sie reicht, auf das deutlichste eine jährliche Zunahme der Niveauhöhe sämmtlicher Südmeere.

Nehmen wir an, die Zunahme betrage, weil sie merklich ist, der Ausgleichungsfläche und der Ausgleichungszeit nach im Durchschnitt $\frac{1}{2}''$ im Jahre. Das würde im Jahrhundert $50'' = 4\frac{1}{6}'$, im Jahrtausend $41\frac{2}{3}$, in 10,500 Jahren $437\frac{1}{2}'$ Erhebung des Meeresspiegels erzeugen. Bedenken wir dabei, dass dieses Anwachsen des Wassers zum mittleren Stande desselben hinzukommt und auf der anderen Halbkugel der Erde dafür ein entsprechendes Sinken unter den mittleren Wasserstand eintritt, so haben wir einen Niveau-Unterschied von 875' auf beiden Hemisphären, einen Betrag, welcher den jetzt thatsächlich vorhandenen übertreffen und nur dem entsprechen dürfte, welchen die Erde nach weiteren 4629 Jahren von heute an aufweisen wird.

Beleuchten wir nun den Fall der grössten Anziehung der Sonne senkrecht über dem Aequator.

In dieser Region der Erde haben wir ein bedeutendes Mehr der Tiefe und Flächenausdehnung des Meeres in ost-westlicher Richtung als stabil anzunehmen, denn die dort vorhandene grösste Schwungkraft der Erdkugel, welcher der feste Erdkörper selbst so bedeutend nachgab, dass er sich parallel mit dem Aequator merklich aufbauschte, wird um so mehr die leichter bewegliche Wasserschale desselben dort durch Zusammenfluss von Anfang an verdickt haben, so dass deren Oberfläche schärfer gekrümmt, d. h. relativ höher gewölbt ist, als das feste Land.

Zu diesem stetigen höchsten Maasse mittlerer Meerestiefe der Tropenzone wird gegen das Ende der langsamen Wasserversetzung auf die eine Erdhälfte, und wenn dort die Gewässer gleichsam bis zu einer Ueberfülle angehäuft sein werden, eine immer mehr zunehmende, übergreifende, wenn auch dünne, Wasserschale der gefüllten Erdhälfte hinzukommen. Wenn die Sonne endlich ihre grösste Anziehung auf Jahrhunderte dicht an den Aequator heran- und über ihn hinführt, so wird die symmetrische Ausgleichung ihrer Flutwellen nahezu oder völlig hergestellt sein und die bisher wasserärmere Erdhälfte sich neu zu füllen anfangen. Der bisher durch das Uebermaass des Wassers auf der einen Halbkugel nach dieser hin verschobene Schwerpunkt der Erde wird nun allmählich beginnen, einer Lage senkrecht unter dem Aequator sich zu nähern, und mit ihm auch die grösste Meerestiefe, die bisher seitwärts vom Gleicher lag, sich auf diesen zu bewegen und ihn zuletzt decken. Sie wird aber gleichfalls wegen der grösseren Fläche zwischen fast grössten Kreisen des Erdumfanges keine bedeutende Steigerung der Wasserstandshöhe herbeiführen. Die grösste Sonnenanziehung selbst aber, die jetzt mit der kleinsten abwechselnd denselben Erdstrich jährlich trifft, wird gleichfalls von geringem Einflusse auf die Niveauhöhe der Aequatorialmeere sein, denn beide Wirkungen heben sich auf und die Ausgleichungen sind symmetrisch. Aus diesen Gründen und auch noch darum, dass die Maxima der Sonnenanziehung nur für die Dauer eines halben Jahrtausends etwa auf oder dicht an den Aequator fallen, dann aber schon wieder die unsymmetrische Ausgleichung der Fluthwellen und die Rückversetzung der Meere zur anderen Halbkugel in vollem Gange ist, kann weder eine langdauernde noch bedeutende Schwankung der Niveauhöhe in den Tropenmeeren stattfinden; so weit sie aber stattfindet, wird sie erst eine geraume Zeit nach der Aequatorlage der grössten Sonnenanziehung eintreten.

Nachdem nun, um von dem zunächst bevorstehenden Falle zu reden, die Lage der jährlichen grössten Sonnenanziehung den Aequator um ein Bedeutenderes (8—10 Grade) nach Norden hin überschritten hat, tritt in sehr merklicher Weise das Gegentheil der heutigen Sachlage ein. Die Gewässer der südlichen Halbkugel werden zur nördlichen herübergezogen und gleichen sich dort aus. Das Niveau aller nördlich vom Gleicher gelegenen Meere beginnt zu steigen, wächst während 5250 Jahren zur völligen Gleichheit mit den Südmeeren rücksichtlich der Tiefe und Fläche an, während 10,500 Jahren aber zu demselben Maasse des Uebergewichts an Wasser, dem die Südhalbkugel jetzt noch 4629 Jahre lang entgegengeht.

Dass die Wirkungen in ihren höchsten Maassen stets um ein Bedeutendes an Zeit hinter der grössten Wirksamkeit der Ursachen herkommen, ist in der Natur der Sache begründet und ohne Weiteres klar. Dass die unsymmetrische Ausgleichung während eines langen Zeitraumes, in welchem, wie weiter unten näher besprochen, das Polareis der mehrerwärmten Halbkugel stark abschmilzt und ihr Wasserquantum vergrössert, kein merkliches Sinken des Wasserspiegels ihrer Meere bewirken kann, ist natürlich. Dass die mehrfachen Unterbrechungen der täglichen Fluthwellen durch die Continente zu Ungleichmässigkeiten des Verlaufs und der Wirkungen führen müssen, braucht gleichfalls kaum besonders bemerkt zu werden.

Es bedarf auch wohl kaum einer Erwähnung, dass der

so von uns dargelegte Verlauf der Umsetzung der Oceane auf Erden mit Allem, was wir an Wandlungen in der Natur, Bewegungen der Weltkörper, gegenseitigen Störungen derselben, Kreislauf der atmosphärischen Processe, Wachsthum der organischen Körper auf Erden etc. vorgehen sehen, übereinstimmt. Er ist continuirlich und nicht sprungweise; er ist allmählich und nicht gewaltsam; er ist klein in den Schritten und imposant in der endlichen Wirkung; er ist zweckmässig und folgt mit Nothwendigkeit aus den gegebenen gegenseitigen Beziehungen der Weltkörper zu einander.

Eine ganze Menge willkürlicher und zum Theil unbegreiflicher Annahmen, mit denen man sich bis jetzt in der Geologie und Meteorologie behelfen musste, fallen fort und finden naturgemässe Erklärung oder Ersatz. Auch die sogenannte Eiszeit der Erde stellt sich im Anschlusse an unsere bisherige Betrachtung als etwas Selbstverständliches, Nothwendiges und Naturgemässes heraus.

Wir haben Behufs der Erklärung der Eiszeiten beider Halbkugeln der Erde zu einer abermaligen Beschauung der Erdbahn zurückzukehren.

Dieselbe zerfällt zunächst durch die excentrische Stellung der Sonne in zwei ungleiche Hälften. Wenn wir senkrecht auf ihre grosse Achse und zugleich durch den Sonnenkörper eine zweite Gerade ziehen, so bezeichnen deren Durchschnittspunkte mit der Erdbahn, welche Punkte zugleich die Oerter der mittleren Erdferne von der Sonne darstellen, diese zwei ungleichen Hälften. Die eine, grössere Hälfte, in deren Mitte das Aphel liegt, durchläuft die Erde mit etwas verzögerter Geschwindigkeit wegen der geringeren Anziehung der Sonne; die andere, kleinere Hälfte, in deren Mitte das Perihel liegt, legt die Erde wegen der grösseren Anziehung mit beschleunigter Geschwindigkeit zurück. Aus diesen beiden Ursachen ist die Dauerverschiedenheit des Laufes der Erde auf diesen zwei Strecken acht Tage. Dieser Umstand würde sich zwar durch nichts auf der Erde bemerklich machen, wenn die vier Jahreszeiten nicht existirten. Durch sie aber gelangt er für die Erde zu einer hohen Bedeutung.

Die Jahreszeiten nämlich, welche bekanntlich auf der schrägen Lage der Erdachse zur Ebene der Erdbahn beruhen, liegen, wie die Erdachse, in Bezug auf den Weltenraum fest, d. h. ihre Gränz- oder Anfangs- und Endpunkte nehmen nicht an der oben erwähnten langsamen Drehung der Erdbahn Theil, verschieben sich also, wenn man so sagen will, auf der letzteren continuirlich von Osten nach Westen hin.*)

Wenn nun, wie es im Jahre 1248 unserer Zeitrechnung genau und noch jetzt annähernd der Fall, der Anfang des Winters der südlichen Hemisphäre in das Aphel, auf den 21. Juni, also in die Mitte der längeren Bahnhälfte mit langsamerem Laufe der Erde fällt, so wird der Winter der südlichen Halbkugel zwei Tage länger sein, als $\frac{1}{4}$ Jahr, und vier Tage länger, als der Winter, welcher für die andere Halbkugel sechs Monate später, im Punkte des Perihels, am 23. December beginnt. Die darauf folgende Jahreszeit der Südhalbkugel, ihr Frühling, wird in das erste

---

*) Bei der hier als fest bezeichneten Lage der Neigung der Erdachse und der Jahreszeiten konnten wir füglich von der Verschiebung, welcher auch sie unterworfen sind, absehen, da es sich hier nur um eine allgemeine Darstellung handelt und astronomische Präcision weder nöthig, noch beabsichtigt ist.

der kleineren Bahnviertel fallen, also vier Tage kürzer sein, als der Frühling der Nordhalbkugel sechs Monate später. Gleicher Weise wird der südliche Sommer abermals kurz, der Herbst aber wieder lang sein. Die Südhalbkugel hat also jetzt zwei lange kalte Jahreszeiten und zwei kurze warme. Bei der Nordhalbkugel ist es gerade umgekehrt. Sie hat mit dem südlichen langen Winter zugleich langen Sommer, darauf kurzen Herbst, kurzen Winter, langen Frühling, also zwei lange warme, zwei kurze kalte Jahreszeiten.

Nach einer Vierteldrehung der grossen Achse der Erdbahn in eine ost-westliche Lage, 5250 Jahre später, beginnt der südliche Winter $^1/_4$ Jahr vor dem Aphel, also in dem einen dann nach Norden zu liegenden Punkte mittlerer Entfernung. Er liegt mithin in dem ersten der langen Viertel der Erdbahn und ist lang. Der darauf folgende Frühling ist gleichfalls lang, Sommer und. Herbst sind aber beide kurz. Man hat also dort eine lange und eine kurze kalte, eine lange und eine kurze warme Jahreszeit. Die nördliche Hemisphäre hat ihrerseits kurzen Winter, kurzen Frühling, langen Sommer und langen Herbst, also gleichfalls eine lange und kurze kalte, eine lange und kurze warme Jahreszeit. Die beiden Hemisphären stehen sich gleich.

Nach einer abermaligen Vierteldrehung der Erdbahn fällt der Anfang des südlichen Winters in das Perihel, der des nördlichen Winters in das Aphel. Die Sachlage ist die umgekehrte der heutigen. Die Südhemisphäre hat kurzen Winter, langen Frühling, langen Sommer, kurzen Herbst, zwei lange warme, zwei kurze kalte Jahreszeiten, die nördliche Halbkugel dagegen langen Winter, kurzen Frühling, kurzen Sommer, langen Herbst, also zwei lange kalte und zwei kurze warme Jahreszeiten.

Liegt endlich, wieder nach 5250 Jahren, der Anfang des südlichen Winters wieder in einem Punkte mittlerer Entfernung (diesmal in dem nach Süden gelegenen), so folgt daraus auch wieder das gleiche Verhältniss der Temperatur-Maasse für beide Hemisphären, wie im vorletzten Falle, kurze und lange warme, kurze und lange kalte Jahreszeit für jede.

Der Unterschied um acht Tage im Maximo zwischen den kalten Jahreszeiten der Süd- und Nordhalbkugel scheint auf den ersten Blick nicht besonders bedeutsam zu sein, um so weniger, wie man gemeint hat, als in dem zwar kürzeren Sommer die Sonne dafür aus geringerer Entfernung und mit grösserem scheinbaren Durchmesser ein höheres Maass von Wärme der Erde zusende. Dieses höhere Maass, welches ohne Zweifel stattfindet, wird aber nicht zur Compensation des Unterschiedes ausreichen, denn der scheinbare Durchmesser der Sonne ist doch nur kaum merklich grösser, und wir beobachten bei Sonnenfinsternissen erst dann eine Temperatur - Erniedrigung, wenn die Mondscheibe bereits fast die Hälfte der Sonne verdeckt hat. Eine nur ganz geringe Vergrösserung der Sonnenscheibe wird also auch nur von ganz geringer Wirkung sein können.

Sei der Unterschied der Temperatur-Maasse aber auch immerhin durch diesen Umstand gemildert, er bleibt doch gross genug, um wiederum, wie bei der Wirkung der Sonne auf den Wasserstand des Meeres, durch Anhäufung zu unerwartet grosser Höhe anzuwachsen.

Die beiden Zeitpuncte der Gleichstellung der Temperatur beider Hemisphären liegen um 10,500 Jahre auseinander. Das Maximum der Differenz der Winterlänge beträgt acht Tage, das Durchschnittsmaass derselben also vier Tage für jedes der 10,500 Jahre. Das macht 42,000 Tage = 115 Jahre 25 Tage kalter Winterzeit, welche also die minder erwärmte Hemisphäre in dem genannten Zeitraume mehr hat, als die andere. Rechnen wir nun etwa die Mehrerwärmung durch die nähere Sonne gegen den Verlust durch Latentwerden von Wärme bei der grösseren Verdunstung der grösseren Wasserfläche, welche stets gleichzeitig mit der Mindererwärmung die kältere Halbkugel bedeckt, wobei wir aber sicher den Verlust durch Verdunstung viel zu gering anschlagen, sehen wir ab von der Erniedrigung der Temperatur durch grössere Ausstrahlung in den zahlreicheren und längeren Winternächten, nehmen wir noch an, dass nur die Hälfte der kalten Tage eisbildend sei, was aber in Polarbreiten sicher viel zu wenig ist, so behalten wir immer stark 57 Jahre strenger, stark eisbildender Wintertage mehr für die kältere Erdhälfte in den 10,500 Jahren, als für die wärmere. Setzt man nun wieder, dass ein Wintertag von 4—5° unter Null eine Eisdecke von einem Zoll Dicke erzeugen könne, was niedrig gegriffen ist und für Polarbreiten um das Fünf- bis Sechsfache hinter dem alltäglichen Maasse zurückbleibt, so folgt daraus, dass die $57 \cdot 365 = 20,805$ Wintertage eine Eisdecke von $20,805 : 12 = 1734$ Fuss Dicke erzeugen, ein Quantum, welches, dem gewöhnlichen Wintereise der Polargegenden und der daran gränzenden Striche der gemässigten Zonen zugefügt, an das heranreicht, was man an Eismenge der Nordhemisphäre in der sogenannten Eiszeit zuschreiben muss. In Polargegenden friert aber in einem Tage, bei Temperaturen von 20—30° unter Null, eine Eisdecke von 2 Fuss und darüber, und so wird das hier gefundene Quantum weit hinter der Wirklichkeit zurückbleiben.

Die Wirklichkeit brauchen wir uns aber nicht erst vor-
zuconstruiren, um dabei in die Gefahr der Uebertreibung zu
kommen. Wir brauchen bloss jetzt nach den antarctischen
und südlich gemässigten Seeregionen hinzugehen und die
Wirkung von 5870 der 10,500 Jahre anzusehen. Schon
jetzt trägt die Küste von Patagonien an Stellen, in gleicher
Breite mit Turin, Pavia und Venedig, also unter dem 45.
Grade gelegen, Gletschermassen, die bis ins Meer hinabgehen,
und die an den 60. Grad südlicher Breite reichenden, also
mit St. Petersburg und Christiania gleichliegenden Nord-
spitzen des südlichen Polarlandes zeigen nichts als Eismassen
und zwar solche, die viele Tausende von Fussen mächtig
dem Lande aufliegen.

Es versteht sich von selbst, dass für die Zeiten, in
welchen, nach der Theorie der allmählichen Abkühlung der
Erde aus einem heissen in einen gemässigten Temperatur-
zustand, dieselbe an ihren Polen sogar durch eigene Wärme
ein Tropenklima zu erhalten im Stande war, an keine Eis-
bildung gedacht werden kann. Damals fand nur die Wasserversetzung Statt. Es kann sehr wohl sein, dass die Erde
erst eine oder zwei Eisperioden an jedem Pole hinter sich
hat; die Anzahl derselben kann aber ebenso gut grösser
sein, worüber abzusprechen die Beobachtungen und Boden-
untersuchungen heutzutage noch nicht hinreichen.*) Eine

---

*) Die Reste vorsündfluthlicher und einer Tropentemperatur an-
gehörender Thiere, wo sie immer in Gegenden gefunden werden, die
jetzt ein mit ihrer Natur streitendes Klima haben, bekunden nur,
dass sie so lange begraben gewesen sind, als die Wandlung der
Wärmeverhältnisse Zeit brauchte. Sie haben auf alle Fälle die Eiszeiten, wie viele ihrer gewesen sein mögen, an ihren heutigen Fundorten überdauert. Bei der Abkühlungs-Theorie ist man so anzunehmen
genöthigt.

Eiszeit der Südhemisphäre vor der jetzigen ist aus denselben Spuren, wie sie die Nordhemisphäre zeigt, erweislich. Die letzte der Nordhemisphäre fiel, wie sich nun durch Rückwärtsrechnung leicht feststellen lässt, in die Zeit von etwa 11,900 bis 4000 vor unserer Zeitrechnung.

Schliesslich wollen wir noch versuchen, ein Gesammtbild der Wasserversetzung und des Temperaturwechsels zu geben, wie sie nach circa 9000 Jahren von heute an der Nordhalbkugel wieder bevorstehen.

Wie man jetzt, nachdem der eine Punkt mittlerer Sonnenferne erst kaum 11 Grade vom Herbst-Aequinoctio der nördlichen Halbkugel südlich, das Perihel eben so weit vom Sommersolstitio der südlichen Halbkugel östlich vorgeschritten, also die sich addirende Wirkung der grössten Anziehung kaum aus der Stelle gerückt ist, natürlicher Weise noch immer eine Zunahme der Meerestiefe in südlichen Meeren beobachtet, dagegen noch ein stetiges Sinken des Niveau's der See im Norden wahrnimmt, besonders an den skandinavischen Küsten, weil man nur dort der Sache gefolgt ist, so wird dereinst, unter den Augen später Nachkommen, das Gegentheil sich einstellen. Mit ausserordentlicher Langsamkeit, den grossen Zeiträumen des Verlaufs entsprechend, wird man, nach etwa zwei Jahrtausenden von jetzt an, zuerst in den Aequatorialgegenden ein Steigen der Seefluth bemerken. Es werden, nach einem weiteren Jahrtausend, möglicher Weise alle die zahlreichen Inseln des grossen Oceans zu beiden Seiten des Aequators verschwinden oder wenigstens an Zahl und Ausdehnung sehr verlieren. Neu-Guinea, die grossen und kleinen Sundainseln werden

einschrumpfen, die flachen Küsten Südafrica's sich zurück-
ziehen, die Ostebenen Südamerica's sich allgemach in eine
seichtere See verwandeln. Die Tiefe des neu hinzukommen-
den Wassers wird in den Aequatorialgegenden überhaupt
weit geringer bleiben, als sie es jetzt weiter südlich ist,
denn hier umspannt, wie schon mehrfach bemerkt, der
Ocean den weitesten Umkreis der Erde und findet schon in
der Flächenausdehnung viel mehr Raum für die sich heran-
ziehenden Gewässer. Aus eben diesem Grunde werden die
tiefliegenden Strecken der Aequatorialregion auch im Verhältniss schneller wieder aus dem Meere emportauchen und
von allem betroffenen Boden während der kürzesten Zeit
wasserbedeckt sein.*) Wenn die grösste Anziehung der
Sonne vom Jahre 6498 unserer Zeitrechnung an beginnt,
immer mehr diesseits des Aequators nördlich vorzuschreiten,
wenn die Sahara von Westen her abermals, wie ehedem,
ein Binnenmeer geworden ist, welches nur noch die Kämme
des Atlas vom Mittelmeere trennen, wenn rothes Meer und
persischer Golf sich ausgebreitet haben, die indischen, sia-
mesischen und chinesischen Tiefländer untergetaucht sind,
in America nur noch ein schmaler Landstreifen, mit der
Andenkette in der Mitte, von Quito bis zum Felsengebirge
hinauf die alte Lage dieses Continents andeutet, wenn Ural,

---

*) Ritter wies schon vor mehr als 50 Jahren darauf hin, dass die
Sahara erst in einer der historischen nicht sehr fern liegenden Zeit
aus dem Meere emporgetaucht sein müsse  Nach unserer Darstellung
würde diese Austrocknung der Sahara, nach etwa 1000jähriger Ueberfluthung, um das Jahr 4000 vor unserer Zeitrechnung etwa stattgefunden
haben, in welche Zeit ungefähr auch die jüdische Legende eine der
damaligen Menschheit verderbliche, vorübergehende Wasserbedeckung
südasiatischer Striche verlegt.

turkestanisches Plateau, grosser und kleiner Altai in Asien
das Nordufer bezeichnen, dann wird Europa sich auch nach
und nach in ein Gerippe seiner selbst verwandelt haben.
Das Mittelmeer wird gewachsen sein und alle anstossenden
Flussniederungen zu füllen angefangen haben. Holland,
Belgien, Dänemark, Norddeutschland, die Ebenen des Ost-
seebeckens werden verschwunden und nur die Hochländer
werden geblieben sein. Die Wasser werden freilich nicht
gewaltsam daherstürzen, wie Adhemar es schildert, sondern
langsam in ihren natürlichen Betten steigen, was jedoch
nicht die Fälle ausschliesst, in welchen sie, vor Hindernissen
sich etwa stauend, schliesslich durchbrechen und dann mit
Ungestüm und zerstörend vordringen, wie es heute einzelne
Localitäten von der letzten Fluth bekunden. Ein Jahrtausend
vielleicht hinter dem Meere her wird dann auch die unwirth-
liche Eistemperatur zu kommen anfangen und die Reste der
civilisirten Menschheit da austreiben, wo sie noch ausgehalten
haben sollte. Die Schneegränze wird in Island z. B. bald
den Boden erreichen und wieder die ununterbrochene Eisdecke herstellen, welche sich dort in der letzten Eisperiode
als vorhanden gewesen nachweisen lässt. Sie wird an den
südlicheren Bergen herabsteigen und Scheitel selbst geringer
Höhen werden sich in eisige Hauben hüllen. Eskimo und
Lappe, Eisbär und Rennthier werden in den mittel- und
süd-europäischen Hochländern wieder heimisch werden, in
denen das letztere ja zahlreiche Spuren seines ehemaligen
Aufenthaltes hinterlassen hat. Das steigende Wasser und
das herabschreitende Gletschereis werden sich begegnen und
zu denselben Vorgängen führen, denen wir die erratischen
Blöcke und die vollständige Denudation der steilen Ufer-
wände West-Skandinaviens verdanken.

Für das aber, was die Nordhemisphäre an Boden verloren haben wird, ist nun längst schon entsprechend viel neuer, jungfräulicher Boden auf der Südhemisphäre emporgetaucht. Neuholland, nunmehr eine Hochebene geworden, hat sich zu einem ungeheuren Continente entwickelt, in welchem die alten Sundainseln und Neu-Guinea als kleinere Hochplateaux nur noch mühsam als die alten Inselländer zu erkennen sind, und in dessen Tiefländern, dem ehemaligen grossen Oceane abgewonnen, die Hunderte der heutigen Archipele desselben zu ebenso vielen Gebirgszügen geworden sind, deren Greisenhäupter allein von der alten Wasserzeit zu reden wissen. Ebenso werden Südafrica und Südamerica ihre Gestalt ganz verändert haben und in zahlreichen und grossen neuen Landstrecken rings umher der geflüchteten weissen Race des Nordens willkommene Asyle bieten.

Die Menschheit nämlich wird nicht untergegangen sein, wie Burmeister bei der Adhemar'schen Entwickelung annehmen zu müssen glaubt, und wie die Tradition es von den rathlosen Urmenschen bei der letzten Aequatorialfluth erzählt, sondern, Jahrtausende vorher von dem Wechsel der Dinge unterrichtet, mit gutem Bedacht und im Besitze der vollkommensten Mittel zu massenhafter See- und Landwanderung, längst die Südländer in Besitz genommen haben, wo ein neues Tableau der Menschengeschichte sich durch zehntausend Jahre hin entrollen soll.

# Nachtrag.

An unsere voraufgehende Betrachtung über die Eiszeiten
schliesst sich naturgemäss eine zweite an, die gleichfalls
zur Beseitigung einer bisherigen, zweifelhaften Annahme in
der Geologie und zur Hebung eines Widerspruchs dienlich
erscheinen könnte, die Betrachtung der Temperaturzustände
derjenigen Halbkugel der Erde nämlich, welche gerade der
Mehrerwärmung geniesst.

Hier haben wir von einem Punkte der Gleichstellung
der Jahreszeiten beider Erdhälften bis zum andern wieder
einen Zeitraum von 10,500 Jahren, während dessen die
wärmeren Jahreszeiten an Dauer die der andern Hemisphäre
im Maximo um acht Tage jährlich übertreffen. Der Ueberschuss beträgt im Durchschnitte vier warme Tage auf jedes
Jahr des ganzen Zeitraums, also im Ganzen die Summe
von 42,000 warmen Tagen, oder 115 Jahren 25 Tagen.
Seien hier wiederum nur die Hälfte der Summe entschieden
warme Sommertage, so betragen dieselben abermals noch
stark $57^{1}/_{2}$ Jahr.

Vergegenwärtigen wir uns die Folgen dieser Sachlage.

Der Beginn der wärmeren Zeit findet die Polarregionen
der betreffenden Erdhälfte mit einer über 60 Meridiangrade
im Durchmesser haltenden Kreisfläche von Eis bedeckt,
welche alsdann anfängt, an den Rändern abzuschmelzen.
Die durch dieses Abschmelzen in hohem Grade sich bindende

Wärme wird in den ersten Jahrtausenden vielleicht den ganzen, noch kleinen, obschon immer mehr wachsenden Ueberschuss derselben absorbiren, so dass die betreffende Hemisphäre als Ganzes keine Temperaturerhöhung empfindet. Das kalte und massenhaft nach dem Aequator zu strömende Eiswasser wird die Meere stark abkühlen, indem es zugleich, wenn bei steigender Wärme die Abschmelzung endlich in vollen Gang kommt, ihre Niveauhöhe eine lange Zeit hindurch unterhält und den Verlust durch die unsymmetrische Ausgleichung der Sonnen-Fluthwellen völlig ersetzt, ja vielleicht übertrifft. Die kalten Polar-Luftströme werden ihrerseits die Temperaturhöhe der Atmosphäre über der Halbkugel ebenso lange Zeit herabdrücken und nicht merklich steigen lassen. Wenn aber die Eiszone allmählich bis etwa zur Hälfte ihrer ursprünglichen Ausdehnung eingeschrumpft sein wird, die Rückverwandlung in Wasser also auf einer viel geringeren Ausdehnung stattfindet, so wird die Temperaturerhöhung auf der ganzen Halbkugel immer mehr und mehr merklich werden. Das wird aber in noch viel höherem Grade der Fall sein, wenn nach 8—9 Jahrtausenden des warmen Zeitraumes das Polareis ganz abgeschmolzen sein wird. Dann werden die Isothermen rascher nach dem Pole zu rücken, die demselben näheren beträchtlich, die entfernteren in geringerem Maasse. Die Polarregionen werden, immer mehr und zuletzt ganz eine gemässigte Temperatur annehmen; die frühere gemässigte Zone wird zur Tropenwärme gelangen; die frühere heisse Zone wird ein höchstes Maass von Hitze erreichen, wenn auch freilich hier der Unterschied nicht so sehr gross sein kann, da sie ja immer diesem höchsten Maasse in Folge der fast oder genau senkrechten Sonnenstrahlen nahe gewesen ist.

Die Meere der Halbkugel, welche während des Anfanges der warmen Periode eine Zeit lang rascher sanken, bei der zunehmenden Abschmelzung des Polareises aber eine lange Zeit hindurch wieder die gleiche Niveauhöhe beibehielten, werden nun von Neuem sinken und bis auf den tiefsten Stand gebracht werden.

Die Vegetation wird den Temperaturveränderungen entsprechend sich umgestalten. Gewächse der gemässigten Zone, die in den Polargegenden nur in Zwerggestalt vorkamen (Weide, Birke, Föhre etc.), werden jetzt dort ihre volle Höhe erreichen, und die übrigen Pflanzen der gemässigten Zone werden auf den alten Eisfeldern neben ihnen auftreten. Die ehemalige gemässigte Zone wird nunmehr mit der Pflanzenwelt der Tropen sich schmücken und das bisher Erzeugte in üppiger Fülle und zu höherem Wuchse gedeihen lassen. Die frühere Tropenzone aber wird zum Theil ausdorren und öde daliegen.

Dieses Alles wird mehrere Jahrtausende andauern und zwar so lange, bis um ein Bedeutendes hinter der nächsten Gleichstellung der Jahreszeiten beider Hemisphären her sich allgemach die Verhältnisse umkehren.

Es fragt sich nun, ob sich für diese kurze Auseinandersetzung Thatsachen unserer Beobachtung als Stützen finden lassen. Wir glauben viele derselben beibringen zu können.

Wir stehen heute etwa in der Mitte der wärmeren Periode der Nordhalbkugel und müssen von diesem Standpunkte aus die Sachlage der Gegenwart und der übersehbaren Vergangenheit betrachten.

Das Polareis der letzten Eiszeit ist jetzt bis über die Hälfte abgeschmolzen. Vom 60. Grade nördlicher Breite ist es bis über den 70. Grad hinaus als stetig vorhanden verschwunden. Das Nordcap z. B. ist schon völlig eisfrei. Das Abschmelzen geht jetzt sehr rasch vor sich, wie es sich beispielsweise an den Gletschern Islands (s. Pajkull, en Sommar på Island) auffallend zeigt. Dort ist die Eis- und Schneegränze schon bis mehr als 1000 Fuss über das Niveau des Meeres emporgestiegen, welchem sie ehedem nachweisbar gleich war. Die nordischen Meere empfangen die grossen Mengen des so erzeugten Wassers und haben sie nun schon ein paar Jahrtausende hindurch empfangen, wesshalb ihr Spiegel trotz des Verlustes an Wasser im Süden stabil bleibt, ja vielleicht zeitweise einmal gestiegen ist, wie das Eindringen des Dollarts und Zuidersees zu beweisen scheinen. Der Rest des Polareises wird schon jetzt zusammenhangslos und treibt jährlich theils mit den Strömungen nach Süden zu, um sich dort aufzulösen. Offene See bis nach dem Pole hin wird schon als möglich betrachtet, sogar als wirklich vorhanden vermuthet und zu erreichen gesucht. Rennthier und Eisbär haben sich während der letzten Jahrhunderte auffallend weiter nach Norden hingezogen, und Wallfisch und Robbe, welche sich vor noch nicht langer Zeit schaarenweise um die schottischen und norwegischen Küsten tummelten, müssen jetzt in der Baffinsbay und um Spitzbergen herum aufgesucht werden.

In den gemässigten Strichen der nördlichen Halbkugel sprechen die historischen Berichte, so weit sie reichen, gleichfalls für eine stetige Temperaturerhöhung in den letzten paar Jahrtausenden. Tacitus berichtet uns über Germanien, dass ein winterliches Klima dort den grössten Theil des Jahres andauere, dass Obst kaum wachse und nur Getreide fortkomme, Verhältnisse also, die heute im nördlichen Schweden und Russland obwalten. Austrocknung durch Ent-

waldung kann schwerlich als genügender Grund dieser Ver-
änderung gelten. — Im südlichen England überwintern jetzt
im Freien Myrte und Lorber, was auch sicherlich nicht allein
durch die maritime Lage zu erklären ist, da dieselbe weiter
hinauf noch jetzt nicht dieselbe Wirkung hat und vor ein
paar Jahrhunderten sie nirgends in England hatte. — An
den canadischen Küsten fanden die Spanier vor 300 Jahren
noch fast keinen Pflanzenwuchs (daher angeblich der Name
Canada von aca nada = hier ist nichts), und jetzt bedeckt
sich dieses Land überall mit mächtigen Wäldern und erzeugt
alle die Nutzpflanzen der Vereinigten Staaten. — Von den
feurigen Weinen der Champagne und Burgunds berichtet
uns kein Römer, eben so wenig ausdrücklich von den spa-
nischen und portugiesischen. — Von den dürren Strecken
Spaniens in der Jetztzeit hören wir nichts in römischen
Schilderungen. — Die Campagna um Rom, heutzutage im
Sommer fast eine Wüste, war im Alterthum meist garten-
ähnlich angebaut. — Aegypten, Palästina, Syrien, Klein-
asien, gegenwärtig grösstentheils trocken und steril, waren
vor 2—3000 Jahren fruchtbare und von üppiger Vegetation
strotzende Länder. — Diese Wechsel sind sicher nicht
einzig und allein durch die Indolenz späterer Einwohner zu
erklären, eher aber durch eine Zunahme von Hitze, deren
Wirkungen aller Fleiss erfolglos entgegenwirken würde.

Die Calmen, d. h. diejenige ruhige Luftzone der Tropen,
welche von Nord- und Südströmen nicht berührt wird und
ihre Ausgleichung darstellt, liegen jetzt schon ganz nördlich
vom Aequator und sprechen auf das deutlichste für das Uebergewicht der kalten Ströme von Süden her und für ein viel
höheres Maass von Wärme auf der nördlichen Hemisphäre.

Welche zweifelhafte Annahme aber, wird man fragen,

soll denn durch diese Darlegung in Wegfall kommen und welcher Widerspruch gehoben werden?

Die Annahme, antworten wir, dass die Erde sich aus einem feurig-flüssigen Zustande allmählich abgekühlt und früher durch eigene Wärme eine Tropentemperatur überall zugleich unterhalten habe, und der Widerspruch, welcher sich zwischen Resultaten der Chemie und Sätzen der Geologie rücksichtlich der Bildung der sogenannten plutonischen Gebirgsarten ergeben hat.

Wenn nämlich wirklich jedesmal die eine Halbkugel der Erde in ihrer Periode der Mehrerwärmung einen so hohen Temperaturgrad erlangt, dass sich für ein paar Jahrtausende die Zonen in der angegebenen Weise nach dem Pole hin verschieben, so ist das Vorkommen der Reste tropischer Pflanzen und riesiger Repräsentanten heutiger Gewächse der gemässigten Zonen in den verschiedenen Ablagerungsschichten der Erdrinde in allen Breiten erklärt, ohne dass man eine allgemein und gleichzeitig höhere Temperatur des Erdkörpers selbst in den Urzeiten seiner Existenz anzunehmen nöthig hätte.

Die in langsamem Wechsel wachsenden Meere jeder Erdhälfte haben dann immer nur einen tropischen oder sehr üppigen Pflanzenwuchs vorgefunden, den sie anschwellend begruben, und von dem in den kühleren ersten Jahrtausenden jeder Wärmeperiode vorhandenen war stets wenig oder nichts übrig, um in Schlamm und Sand eingebettet zu werden. Er war gewachsen und vergangen, ohne Spuren zurückzulassen, wie es bei dem ganzen Pflanzenwuchse der Fall, welcher heute die Festländer unserer Hemisphäre bedeckt. Die um Millionen von Jahren von einander abliegenden Zeiträume der Absetzung der Primär- und Secundärschichten (die Tertiärschichten stehen bekanntlich der Gegenwart bezüglich ihrer Pflanzenreste sehr nahe) trennen sich auf diese Weise nicht anders mehr von der kühleren Gegenwart, als durch die grössere Einfachheit des Pflanzenbaues und die anscheinend geringere Anzahl der Arten, wie sie schon aus der grösseren Einfachheit der Bodenzusammensetzung und der geringeren Abklärung der Atmosphäre des noch jugendlichen Planeten erklärt werden können. Man hat nicht mehr nöthig, über die gigantischen Schachtelhalme und Farrenkräuter in Bodenlagen zu erstaunen, auf denen gerade jetzt das Rennthier wandelt, nicht mehr sich den Kopf zu zerbrechen über die Elfenbeinhaufen Nord-Sibiriens und die vereinzelt dort vorkommenden Skelette und ganzen Körper antediluvianischer Elephanten.

Man wird auf diesem Standpuncte der Anschauung nicht länger mit bisheriger Hartnäckigkeit sich um die Entstehung der sogenannten plutonischen Gesteine streiten und mit denjenigen Chemikern, die aus guten Gründen den feurigen Process bei denselben in Abrede stellen, ruhiger überlegen, wie etwa auch auf feuchtem Wege Granit, Gneiss und Porphyr entstanden sein können, wie die früheren und gegenwärtigen feurigen Vorgänge des Erdinnern vielleicht nur sehr localer Natur, nur eine Folge des ungeheuren Druckes der sich verengenden Erdschale, nicht aber peripherische Erscheinungen eines völligen Feuerballes mit bloss abgekühlter Rinde zu sein brauchen.

Druck von M. DuMont-Schauberg in Köln.